AF461656

LES
DEUX BOSSUS,
OU
ENTRETIENS
DE
PHÉLIS ET HALMAR;

PAR RIBRAUD de Lodève.

AVEC FIGURE.

L'amour-propre est notre plus cruel tyran, et la sensibilité fait quelquefois notre plus grand malheur.

A PARIS,

Chez DELAUNAY, libraire, palais du Tribunat, N°. 243.

AN XIII. — 1805.

Si vous me parlez en core de vos malheurs, je vous coupe la parole.

AVIS AU LECTEUR.

Quelques-uns de mes lecteurs pourront croire, en lisant ces Entretiens, que mon caractère est celui d'Halmar; qu'ils se détrompent! c'est celui du pauvre Phélis qui m'appartient.

Julie, l'intéressante et trop infortunée Julie, n'est qu'un nom d'emprunt! Par respect pour son souvenir, et par considération pour ses honnêtes parens, je tais son véritable nom : le secret de sa naissance ne sera jamais révélé.

Je ne dirai pas que cette charmante personne eut pour elle le brillant éclat de la beauté; mais elle était belle de toutes les vertus:

et malgré sa faiblesse, cause de mon malheur et de sa mort, elle était digne d'un sort plus heureux.

Le hasard peut bien m'en faire retrouver une qui la surpasse en beauté; mais aura-t-elle son ame? En effet, comment espérer rencontrer une femme qui, comme Julie, oubliera mon état d'affliction, ouvrage de la nature, son rang et ses charmes, et qui, comme elle, voudra partager ma tendresse, s'unir à mes infirmités, et par la douceur de sa société, consentir à un avenir heureux, en m'offrant son cœur et sa fortune.

PRÉFACE.

Dirai-je ingénuement à mes lecteurs que je leur présente un ouvrage imparfait, pour qu'ils ne le disent pas eux-mêmes en me lisant ou après m'avoir lu. Comment donc faire ! ma foi, lecteurs, je m'abandonne à vous ; lisez et prononcez avec sévérité, mais sans prévention et sans impartialité. J'ai voulu être utile à mes concitoyens, en remettant sous leurs yeux quelques vérités trop souvent méconnues ou entièrement ignorées. J'emploie, à cet effet, le ton comique, comme une recette qui ne peut faire mal à personne. Au surplus, ce ton est plus consolant que pernicieux, plus amusant que chagrin.

Je ne nommerai pas les personnes que cet ouvrage intéresse particulièrement ; le lecteur les reconnaîtra facilement. Quoique mes conseils s'adressent à un

Bossu, ils atteignent également ceux envers qui la nature a été plus favorable : le sexe même n'est point étranger à mes réflexions.

Je termine cette préface en avouant à mes lecteurs que je suis bossu, que mon esprit en a tout l'apanage, c'est-à-dire qu'il est malin ; ce qui n'empêche pas qu'avec cette difformité et les petites qualités accessoires qui l'accompagnent, je n'aie la prétention d'avoir le cœur aussi bon, aussi droit que le plus bel homme du siècle.

LES DEUX BOSSUS, OU ENTRETIENS DE PHÉLIS ET HALMAR.

PREMIER ENTRETIEN.

PHÉLIS. Je rends graces au hasard, qui me procure l'avantage de vous revoir, mon cher Halmar, et qui vous a amené dans le lieu que j'habite pour y faire aussi votre demeure. Le ciel, sans doute, se lasse de me voir souffrir, puisqu'il me fait retrouver un ami qui me consolera dans mes peines, et qui, par ses conseils salutaires, m'aidera à porter le fardeau accablant d'une vie languissante et hérissée de souvenir douloureux et déchirans. Oui, mon cher Halmar, j'ose solliciter cette faveur de votre amitié. Je trouverai dans le le charme de votre conversation un allégement à l'amertume des réflexions chagrines auxquelles je me suis livré sans réserve jusqu'à ce jour; et par vos soins obligeans, au trouble continuel qui assiége mon ame inquiète, succédera le calme, précurseur d'une parfaite tranquillité.

HALMAR. Vous vous croyez malheureux, mon cher Phélis, et cette idée vous fait voir tout en noir. Vous êtes malade d'imagination, et la raison vous rendra à vous-même, si vous avez le courage ou la patience d'en entendre le langage; c'est l'unique remède qui peut vous soulager, et celui dont je veux faire usage, quand je saurai ce qui vous affecte. Quant à moi, j'ai peut-être plus raison que vous de me plaindre du sort; mais je suis assez philosophe pour me trouver heureux dans ma position, toute triste qu'elle est.

PHÉLIS. Il règne dans vos discours une sorte d'insensibilité dont je m'aperçois à regret. Sans cela, au lieu de me blâmer, vous entreriez dans les peines que je ressens, et vous m'offririez des moyens de consolations.

HALMAR. Vous plaisantez, sans doute! A vous entendre, ne dirait-on pas que tous les maux qu'éprouve le genre humain sont par paquets sur les échines des Bossus? Non content d'exagérer vos plaintes vous voudriez encore me persuader que je suis sourd, parce que je n'applaudis pas à vos visions. Désirez aussi que je sois muet, parce qu'alors je ne pourrai pas vous appeler fou. Vous me traitez d'insensible! croyez-vous que si quelqu'un s'avisait de me distribuer une volée de coups de bâton ; croyez-vous, dis-je, que je ne sentirais pas les contusions qu'ils me feraient? Cette question vous prouve que mes oreilles vous ont parfaitement entendu : elle blessera peut-être votre amour-propre; mais j'espère qu'en ma qualité de bossu et de votre ami, j'obtiendrai l'oubli de cette injure, que la vérité seule m'a forcé de vous faire. Mes expressions ne sont ni fines ni choisies; mon langage est celui d'un mauvais comique, ami de la franchise et de la vérité.

PHÉLIS. Tout ce beau raisonnement, toutes vos comparaisons triviales, me confirment de plus en plus que j'ai raison de vous croire insensible. En effet, si vous aviez la plus légère idée de mes maux, si vous en étiez affecté, me parleriez-vous de la sorte? ne vous identifieriez-vous pas plutôt à mes peines; et, au lieu de me brusquer, ne chercheriez-vous pas à me ramener à la raison par des moyens doux et persuasifs?

HALMAR. Au diable votre sensibilité! encore une fois, si elle doit me rendre malheureux;

comme elle fait tous vos tourmens, comme elle cause toutes vos inquiéeudes, je n'ai pas besoin d'un ennemi qui trouble à chaque instant la tranquillité dont je jouis : tel est mon caractère ; je m'en trouve bien, je n'en changerai pas.

PHÉLIS. Ce tort que vous m'imputez, que vous me reprochez avec aigreur, n'est point mon ouvrage ; c'est un don de la nature, dont je ne saurais ni ne dois me plaindre.

HALMAR. L'ouvrage de la nature ! soit, puisque c'est ainsi que vous le voulez; mais dites-moi, croyez-vous que l'auteur de toutes choses vous a créé pour souffrir des maux imaginaires ? En vous donnant l'intelligence, ne vous a-t-il pas donné tout ce qu'il fallait pour vous rendre heureux ? et si vous ne savez pas tirer un bon parti de votre raison, est-ce sa faute ou la vôtre ? Je le répète, vous interprêtez mal ses leçons. Je le remercie, moi, de m'avoir fait naître avec un bon cœur; mais aussi je lui rends graces de ne m'avoir pas donné cette sensibilité extravagante ou mal entendue à laquelle vous vous abandonnez avec une force frénétique. Qu'aurais-je fait de cette vertu ? J'aurais versé peut-être plus de larmes que toutes les veuves ensemble n'en ont répandu depuis que le monde est monde.

PHÉLIS. Vous convenez donc que l'homme sensible est à plaindre ?

HALMAR. Un moment, s'il vous plaît ! en toutes choses nous devons prendre la raison pour guide. Pourquoi ne pas l'appeler à notre secours, dans ces momens où la sensibilité nous fait ressentir nos maux avec plus de douleur que les maux ne sont affreux par eux-mêmes ? Croyez-vous que l'âne, en quittant une rose pour aller manger un chardon, doive se croire malheureux parce qu'il préfère à la reine des fleurs une plante dont les feuilles sont aiguës, ferme et sans odeur ? Si cet animal, qui reçoit presqu'autant de coups de bâton qu'il avale de grains d'avoine, pouvait parler, il vous apprendrait que, pourvu que son maître lui donne de quoi manger, il se croit aussi heureux avec ses longues oreilles et son goût dépravé, que le plus beau cheval du grand sultan.

PHÉLIS. Fort bien ; mais lorsqu'on devrait être ce que l'on est pas ?

HALMAR. Alors on reste tel que l'on est. Comme un homme qui rétrograde dans la crainte d'être arrêté, je reviens sur mes pas, parce que ma réponse n'est pas réfléchie. Je dois, avant de vous faire des objections, vous demander ce que vous entendez par ces mots, l'on devrait être ce que l'on n'est pas ?

PHÉLIS. J'ai voulu dire que dans l'état d'affliction où je suis réduit, comme vous, je devrais être un autre vous-même, c'est-à-dire, moins sensible que je ne suis.

HALMAR. Je m'aperçois que, jusqu'à ce moment, nous avons fait comme les femmes ou comme ceux qui leur ressemblent, nous avons beaucoup bavardé, et le tout, s'il vous plaît, pour ne rien dire. Mais, non : je me trompe encore, et j'ai cela de commun avec les gens d'esprit. Si je m'en souviens bien, il a été question au commencement de cet entretien de l'excessive sensibilité qui est en vous et qui vous domine, comme la friandise gouverne un enfant, que je veux arracher par la racine, comme le jardinier fait d'une mauvaise plante.

PHÉLIS. Cette tâche est plus difficile que vous ne pensez. Croyez-vous pouvoir réformer mon caractère, devenu intraitable par les disgraces que j'ai éprouvées, et dont le souvenir est profondément imprimé dans mon cœur. Vous effleurerez le mal; mais vous ne l'extirperez pas.

HALMAR. Peut-être : n'a-t-on pas vu souvent la cause la plus mauvaise devenir bonne, par la seule force de l'or et de l'argent ? Qu'y aurait-il, après cela, de si étonnant, quand je parviendrais à vous rendre moins sensible à tout ce qui vous regarde et vous intéresse? Je parie, moi, que si vous ne fréquentez que des gens qui me ressemblent (de caractère), vous rabattrez dans peu de cette sensibilité outrée, et que rien n'appuie ni ne justifie. Mais, pour cela, il faut m'écouter et suivre mes conseils; car si, après m'avoir quitté, vous allez vous jeter aux genoux d'une femme qui, comme vous, sera disposée à pleurer, vous reviendrez aussi fou que vous l'étiez avant que j'aie entrepris votre guérison, et alors le langage de la raison produirait l'effet d'une médecine qu'un malade placarde contre le mur au lieu de l'avaler. Encore du bavardage, direz-vous, toujours des plaisanteries. Patience, j'aborde la question. Allons, mon cher Phélis, du courage, il est nécessaire, indispensable même à l'homme assez faible, assez ennemi de lui-même pour se laisser abattre par une sensibilité mal raisonnée. Parlez-moi avec confiance, faites-moi lire dans votre cœur, racontez-moi vos peines, en un mot, apprenez-moi tout ce qui contribue à vous persuader que vous êtes malheureux. Je vous offrirai toutes les consolations que pourra m'inspirer ma tendre amitié pour vous. Vous êtes jeune encore, et moi je suis un renard d'une longue expérience.

PHÉLIS. Oh! trop généreux ami, que ne puis-je. . . . .

HALMAR. Trève de complimens, je vous prie; parlons en homme, et attachons-nous à supprimer tout ce qui ne conviendrait pas à ce titre auguste.

PHÉLIS. Eh! bien, Halmar, permettez-moi de vous demander si nos maux sont attachés à notre difformité? C'est là le principe de cette sombre sensibilité qui enveloppe toutes mes facultés, et qui occasionne mes plaintes et mes murmures.

HALMAR. Je vais répondre à mon ordinaire, c'est-à-dire avec franchise. Nos maux tiennent moins à notre bosse qu'à notre amour-propre, et la plupart de ceux qui ont une infirmité quelconque, se croient offensés quand des sots les provoquent, en leur reprochant ce qui ne saurait les faire rougir.

PHÉLIS. Si nous n'étions en butte qu'aux propos de la sottise, je n'y ferais pas attention; mais ce qui m'afflige, c'est que souvent je me suis vu provoqué par des personnes qui avaient reçu une éducation soignée, qui devait les garantir de tout écart de raison; celles-là même, dis-je, ont déployé envers moi l'ironie, le mordant, la satire, et tout ce que la raillerie a de plus mortifiant, pour me rendre ridicule et me faire mépriser de tous ceux qui pouvaient me voir et m'entendre, comme si ma présence avait été pour elles de quelque obstacle. Qu'auriez-vous fait à ma place? je vous le demande.

HALMAR. C'est moi qui dois vous demander ce que vous avez fait en pareil cas.

PHÉLIS. Je me suis retiré tout confus, et en murmurant contre tous ceux qui ont osé m'injurier ouvertement.

HALMAR. Vous avez fait absolument le contraire de ce qu'il eût fallu faire. Rien n'était plus aisé que de vous retirer de là triomphant, en laissant ces plaisans érudits couverts de confusion; mais votre amour-propre était trop vivement blessé, pour vous laisser la faculté du choix et pour apercevoir les moyens propres à sortir de cet embarras avec honneur. Quoiqu'il en soit, la chose est faite; et puis au fait, il vous eût été bien difficile de vous défendre sans vous livrer à quelques personnalités qu'on n'aurait pas laissées sans réponse, avant votre départ. A propos, en parlant de départ, il me souvient de vous avoir entendu parler du mot d'abstraction, avec cette belle dame, vous savez bien, le jour que vous reçutes ses adieux; c'était sur la cause de votre accident ; c'est pourquoi ce mot réveille ma curiosité.

PHÉLIS. Je n'en connais que trop la signification ; la voici : on nous considère comme des êtres nuds, dépouillés de tout ce qui constitue un être. La classe des esprits faibles, subjuguée par la classe des esprits plus instruits, ne cesse de dire et de crier que nous sommes nés méchans ; et pourquoi ce délire ? parce que, dit-on, tout ce qui est marqué au B ne vaut rien.

HALMAR. Il est facile de deviner qu'ils entendent par la lettre B, les Bossus, les Boiteux et les Borgnes.

PHÉLIS. Précisément. Et si dans le nombre des insensés qui nous abreuvent d'outrages, il se rencontre un homme qui blâme cette affectation ridicule, et qui, par humanité, cherche à nous soustraire ou à nous délivrer de ces huées insultantes, on le plaisante aussi, et on passe subitement de cette situation aux menaces, qui le forcent à se retirer, sans avoir rempli l'honorable but qu'il s'était proposé. Ainsi on nous opprime, et l'on ne veut pas que nous crions à l'oppression.

HALMAR. Mais qui empêche ce malheureux qu'on opprime de se retirer ? A vous entendre, on pourrait croire qu'on l'a enchaîné de manière

nière à lui ôter l'usage de ses jambes. Puisque les plaisanteries dont il est le sujet l'offensent, qu'il s'y soustraie en s'en allant.

PHÉLIS. C'est bien dit ! Mais toute plaisanterie qui passe les bornes est une insulte publique que la loi devrait venger. Accuser un homme de méchanceté, parce qu'il est né bossu, c'est le comble de l'outrage et l'oubli de toutes idées libérales. Et vous voudriez que je fusse insensible à de pareilles avances, que je mêlasse mes ris aux ris moqueurs de cette multitude grossière, qui offense le créateur en dégradant son ouvrage : pour moi je soutiens que celui qui aura tout à la fois un bon cœur, et qui sera un peu sensible, ne s'abandonnera jamais à de tels excès d'incivilité, et qu'il saura en faire un meilleur usage. Souvent celui qui provoque et ameute contre nous la foule ignorante, ne commettrait point cette faute, s'il croyait avoir affaire à égale partie. Il n'y a donc que des lâches qui puissent tourner leurs armes contre des personnes qu'ils savent ne pouvoir leur résister.

HALMAR. A vous entendre parler de la sorte, à votre ton piteux et humilié, ne dirait-on pas qu'il n'y a que les Bossus, les Borgnes et les Boiteux qui sont exposés aux plaisanteries, aux mauvais propos, aux sarcasmes et à tout ce que la sottise et la méchanceté peuvent imaginer? N'avez-vous jamais vu des hommes envers qui la nature avait été prodigue de ses dons, être insultés, provoqués, battus ou forcés à se battre pour une vérité qu'ils avaient osé dire, soit pour jeu, soit pour une femme qui aurait mérité vingt coups de fouet, et qui néanmoins était vengée injustement par le sang de l'honnête homme qui lui avait reproché son infamie? D'autres qui, au milieu d'une promenade ou d'un café, ou dans un bal, n'importe, se sont vus provoqués par des scélérats à qui l'art de se battre était familier, et qui osaient les attaquer en duel, à cause que leurs phisionomies avaient le malheur de leur déplaire? Êtes-vous plus malheureux que tous ces gens-là? N'ont-ils pas le droit de se plaindre plus que nous, lorsqu'ils sont dans le cas de faire ou d'entreprendre ce que vous et moi ne pourrions ni entreprendre, ni faire? S'il survenait un incendie dans le quartier que nous habitons, seraient-ce nous et nos camarades qui irions porter du secours? Nul doute que s'il n'y avait que nous l'incendie dévorerait tout.

Vous dites que des lâches tournent des armes contre tous ceux qui comme nous ne peuvent leur résister, et vous appelez armes offensives quelques mauvaises plaisanteries! J'en ai reçu, mon cher Phélis, et plus que vous peut-être ; et quoique je me sois vu frapper par ces armes, j'existe encore. S'il n'y a que des lâches qui vous attaquent (je n'entends point votre individu, mais votre amour-propre), tout va bien jusques-là ; n'y faites pas attention : si vous étiez attaqué par un scélérat, alors vous auriez raison de vous plaindre ; mais je crois que vos plaintes ne seraient pas de longue durée ; car cette espèce d'hommes n'a qu'un but, celui d'avoir la vie à ceux qu'ils provoquent, encore faut-il que leur amour-propre triomphe. Non, Phélis, ne croyez point qu'un scélérat vous attaque ; il vous méprisera, et bien sûr vous ne serez pas fâché de ce mépris. Nous n'avons pas d'ailleurs un air si redoutable, et j'ose croire que si notre tête n'était plus ou moins semblable à celle d'un autre, nous serions des modèles accomplis de la laideur. Voilà la seule partie de notre corps qui ne soit point outragée, ainsi que celle que la décence ne me permet pas de nommer : ôtez à ces deux-là toute leur perfection, le diable m'emporte si nous ne sommes pas des monstres hideux par la forme. Quant à l'ame, tout ce que je puis dire de la nôtre, c'est qu'elle ne saurait être plus mal logée. Si nous avions le pouvoir de corriger toutes les imperfections de notre corps, la forme, les graces, les traits et les couleurs charmeraient les belles les plus insensibles, et notre ame serait alors dans une belle prison. Serait-elle plus belle à son tour ? c'est ce que j'ignore. Peut-être que ce dehors apparent ne servirait qu'à la corrompre. Il vaut mieux donc laisser les choses telles que le hasard les a faites, quand même il nous serait possible de les changer. Revenons à vos plaintes. En avez-vous d'autres encore à me faire ? Je tâcherai toujours de vous consoler, quoique vous m'obligiez souvent à vous désapprouver, parce que la raison et vos propres intérêts l'exigent.

PHÉLIS. Puisque vous me permettez de continuer le récit de mes souffrances, je vais le faire. Je trouve une source de consolation et de force dans vos réponses, quoique souvent aussi contradictoires que comiques.

Je ne conçois pas comment des pères de famille, des personnes de tout sexe et de tout état, osent nous ridiculiser à cause de notre difformité. Si tous ceux qui usent de cette arme envers nous, réfléchissaient un peu sur les accidens de la vie auxquels nous sommes tous sujets, ils nous plaindraient au lieu de nous avilir. Quels sont les moyens possibles au père de famille pour les prévenir ? Une exacte attention à suivre les démarches de ses enfans : cela est bien, mais aussi cela n'est pas toujours suffisant. Un d'eux tombe, se casse une jambe. L'homme de l'art appelé pour la raccommoder, déclare que la fracture est trop considérable ; la jambe est perdue ; l'opération se fait, et une jambe de bois remplace celle qui naguères excitait les caresses des père et mère, et portait envie aux autres, qui, sans être disgraciés ou difformes, n'étaient cependant pas aussi beaux, ni aussi bien faits. Un second, en badinant avec les autres, est jeté dans le feu, inconvénient plus grave encore : on s'en console néanmoins, et on trouve heureux qu'il n'ait pas été entièrement dévoré par les flammes ou grillé sur les charbons. Ici, c'est une bonne imprudente, qui abandonne le tendre enfant qu'on lui a confié ; il tombe, il pleure beaucoup, mais elle parvient à le calmer. Elle revient avec son nourrisson à la maison paternelle, où elle se garde bien de dire ce qui est arrivé à l'enfant par son peu de soins et de précautions. Qu'en résulte-t-il ? la chute finit par se déclarer, et l'enfant devient ou boiteux ou bossu, par la suite du criminel silence de sa bonne. Là, un autre qui devient perclus ; un autre qui vient au monde, vieillit et meurt sans avoir jamais eu l'usage de la parole.

Il est inoui que, malgré les exemples multipliés qui s'offrent chaque jour à la vue, on trouve encore des pères et mères assez insensés pour se prévaloir des dons que la nature a accordés à leurs enfans. Ne courent-ils pas les mêmes dangers, lorsqu'ils sont arrivés à un âge plus avancé que celui que je viens de décrire. N'en connaissant aucun, ils s'exposent à tous. Escalader les murs, grimper sur les arbres est pour eux une partie de plaisir, dont ils ne calculent pas les chances et les événemens. Cependant cet exercice devient funeste à quelques-uns. Ils tombent, se donnent des contre-coups, et au lieu d'avouer à leurs parens l'accident qui leur est arrivé, ils le cachent, au contraire avec une scrupuleuse attention, dans la crainte d'être disciplinés ou de perdre cette liberté qui est attachée à l'enfance; le mal se déclare au moment où tout remède devient inutile. Ah! si on voulait se donner la peine de réfléchir sur les vicissitudes humaines, on se garderait bien de rire et de se moquer de pauvres êtres comme nous, châtiés dès leur naissance par cette même nature qui les jette dans ce monde, pour y traîner une vie monotone et désagréable; combien ne voyons-nous pas de personnes qui, sans avoir la difformité qu'on nous reproche si amèrement, ont d'autres infirmités plus insupportables : par exemple, une haleine puante, le mal caduc, la folie, etc., sont des disgraces fatigantes pour celles qui en sont atteintes et incommodées, pour celles qui les entourent : eh! bien, ces mêmes personnes sont à plaindre : c'est le sentiment que chacun prend d'elles. Pourquoi nous prive-t-on de cette justice qu'on exerce à leur égard, et à laquelle nous avons les mêmes droits ?

HALMAR. Ha! pour le coup, je n'y suis plus, ou plutôt vous n'y êtes plus vous-même ; votre sensibilité vous fait perdre, comme on dit vulgairement, la carte. Quoi! vous prétendez que les hommes mariés ou non, devraient réfléchir et se frapper l'imagination de tous les maux qui peuvent les atteindre, et auxquels ils sont à chaque instant exposés, depuis leur naissance jusqu'à leur mort, et le tout, s'il vous plaît, parce que quelques-uns se sont permis de vous plaisanter, et ont par là blessé votre amour-propre! ou parce que, ne sachant pas répondre aux plaisanteries, vous prenez les bonnes comme les mauvaises pour des insultes, dont vous vous vengeriez si vous ne craignez pas d'être le plus faible et de recevoir des coups ou de sabres, ou d'épées, ou de bâton! Non, mon cher, non, ils ne sont pas assez fous pour troubler de craintes aussi chimériques leur existence sur un avenir dont ils ne peuvent pas disposer. La description emphatique à laquelle vous vous livrez sans rime ni raison sur les accidens arrivés ou qui peuvent survenir, est un hors-d'œuvre que vous auriez pu mettre de côté. Prétendre ensuite que tous ces accidens, enfans de votre imagination, sont de grands malheurs, est une nouvelle faiblesse de votre esprit, qui ne mériterait pas une réponse sérieuse ; cependant je veux bien avoir cette complaisance. Ma réponse sera longue : qu'importe, je vous la dois, vous m'écouterez jusqu'au bout.

Un enfant tombe, dites-vous, et des chirurgiens ou des bouchers, n'importe, c'est à peu près la même chose, n'ont pu le guérir de sa fracture : vous le trouvez malheureux, et moi je suis d'un avis contraire. Pourquoi, me direz-vous? Pourquoi! cet enfant avait deux jambes ou devait les avoir avant sa chute, ne lui en reste-t-il pas deux après avoir passé entre les mains de la faculté ! Il n'a donc rien perdu, si ce n'est quelques gouttes de sang. Ce n'est rien, cela se répare aisément. Il a souffert, j'en demeure d'accord, entre les mains de ses bourreaux, voilà tout; mais une fois la plaie guérie, il n'a plus songé à sa douleur.

douleur. Mais il avait deux jambes de chair et d'os, et il n'en a plus qu'une. Fort bien; cela ne le dispense pas moins de remercier l'artiste de lui avoir fair une jambe de bois: celle-ci peut se briser en mille morceaux sans lui causer aucune douleur, tandis que celle qu'on lui a coupée pouvait, dans la suite, lui occasionner de nouvelles souffrances. Il serait inutile de m'étendre davantage à ce sujet, vous devez m'entendre suffisamment. Passons à une autre de vos lubies.

Un second tombe dans le feu, et vous trouvez cet accident plus fâcheux que le premier. Cependant il respire. Médiocre malheur; mais il a la figure balafrée: qu'importe, il est sauvé; et si la mort ne le moissonne pas avant l'âge de l'adolèscence, il trouvera une compagne tout comme s'il ne lui était rien arrivé. Avec une bonne santé, du travail et la paix dans son ménage, il se croira heureux. Il le sera en effet. Voulez-vous supposer que cet événement arrive à une fille au lieu d'un garçon: que craignez-vous de plus pour elle? la perte d'une jolie figure (je vous la passe pour telle), avec laquelle elle aurait été recherchée, et qui lui donnait l'espérance de rencontrer un bon parti. Cela peut être, mais il pourrait arriver aussi que cette beauté lui devînt fatale; les femmes, en général, ou les filles, si vous voulez, sont trop avantageusement prévenues en leur faveur pour s'étudier à discerner l'homme de bien de celui qui n'en a que l'apparence; elles aiment la flatterie, l'adulation, et ne s'attachent aux hommes qu'autant qu'elles espèrent en tirer un parti qui leur soit avantageux en toutes choses. Toutes aiment à sortir de la condition où elles sont nées, pour s'élever d'un ou de plusieurs étages; et cette prétention ridicule, en éloignant d'elles l'utile artisan qui ferait leur bonheur, les voit souvent arriver à la vieillesse sans avoir pu atteindre le but de leur orgueilleuse ambition. On en voit d'autres, moins constantes, se lasser d'attendre que la providence leur adresse un jeune homme riche, beau, bien fait, qui ait de l'esprit, et se livrer au premier venu qui veut s'en emparer, pour les plonger dans le délire d'une vie libertine et licencieuse; et malheureusement le nombre de celles-ci est incalculable. Toutes ne sont pas de ce calibre, je le sais; mais toutes se trouvent exposées à en être victimes. Combien notre siècle est abondant en scènes de galanterie! et la quantité des femmes de moyenne vertu nuit essentiellement à celles qui grandissent et meurent avec l'innocence du premier âge!

Que nous sommes déjà loin du temps de nos pères ! Les femmes étaient encore retenues à cette époque ; mais aujourd'hui elles ont diablement dégénéré. Rien n'est si commun qu'une glissade féminine. Au surplus, cela ne nous regarde pas ; c'est un torrent que nous ne pouvons pas arrêter dans sa course. Pour moi, je m'en moque et ne m'en attriste pas. Faites comme moi, et vous vous en trouverez bien. Je reviens à la jeune fille qui vient d'éprouver une disgrace que vous regardez comme un très-grand malheur,

Après l'accident qui vient de lui arriver, elle ne sera point aussi belle qu'auparavant : c'est bien cela ; mais elle gagnera du côté de l'esprit ce qu'elle aura perdu du côté de la figure ; elle sera moins exposée aux piéges que ne cessent de tendre à la jeunesse et à la beauté une certaine classe d'hommes qui n'apprécient leur vie, leurs richesses, et quelques autres dons particuliers de la nature, qu'autant que tous ces avantages réunis leur permettent de satisfaire tous leurs désirs, et principalement de séduire l'innocence, et de la livrer à toutes les suites fâcheuses qu'elle a nécessairement. Elle sera toujours belle aux yeux des hommes de bien avec les qualités du cœur et de l'esprit, et par la régularité d'une bonne conduite ; et l'accident qui vous désespère sera pour elle la source de sa félicité.

Venons maintenant à ce qui concerne particulièrement notre espèce, et aux malheurs, dites-vous, qui sont attachés à la bosse. Que pourrai-je vous dire pour votre guérison, ou au moins pour vous soulager un peu ? Vous n'êtes pas malade à tenir le lit ; mais, en revanche, vous l'êtes bien à courir les champs, les bois, et à vous renfermer dans le creux d'un rocher pour y vivre en hermite, afin de vous soustraire au nom de Bossu, qui vous courrouce, et qui vous fait maudire le genre humain. Permettez-moi, je vous prie, de vous faire une question. S'il vous était possible de changer de condition, dites-moi franchement quelle serait celle à laquelle vous vous arrêteriez ?

PHÉLIS. Où voulez-vous en venir, et à quoi bon cette question ? Si votre supposition était vraisemblable, je vous répondrais que je désirerais être un homme accompli.

HALMAR. Voilà qui est fort bien ; mais admettez un moment que vous n'ayez qu'un choix à faire, celui d'être une jolie femme ou de rester tel que vous êtes ? A quoi vous résolveriez-vous ?

PHÉLIS. Vous m'embarrassez par vos suppositions ou questions insidieuses ; cependant je ne sais. . . . mais. . . . si. . . . Ah ! je n'ose. . . .

HALMAR. Je vous devine ; vous désireriez être femme : voilà bien le comble de l'extravagance. Quoi ! vous abjûreriez, vous renonceriez au titre d'homme pour vous revêtir de de celui de femme ! Ma foi, je vous croyais bien faible de raison, mais, en vérité, je n'aurais jamais pensé que vous ayez de votre sexe une opinion aussi injurieuse. Fussé-je mille fois encore plus difforme, plus disgracié, plus hideux que je ne le suis, je ne voudrais pas faire un tel échange, quand, par ma beauté, je devrais voir tomber à mes pieds tous les potentats de l'Europe, et m'offrir à l'envi leurs sceptres et leurs couronnes.

Ai-je tort de dire qu'une sensibilité sans principes cause votre malheur, et que l'amour-propre est votre plus cruel ennemi. L'un et l'autre vous étourdissent au point de vous faire méconnaître la noblesse de votre condition, et de vous empêcher de voir la misère, la sujétion, et toutes les traverses attachées à celle que vous ambitionnez.

Jetez un regard sur la société : qu'y verrez-vous ? la liberté, l'indépendance des hommes, tandis que presque toutes les femmes y sont sujettes et obéissantes plus ou moins. Examinez un peu les misères, les maux, compagnes de cette condition, et osez ensuite, si vous le croyez possible, vous plaindre de la vôtre. Quand votre bosse serait grosse comme celle d'un chameau, que vos yeux seraient tout de travers, votre figure balafrée, et vos jambes à trente-six coussins; quand vous seriez encore mille fois plus laid que la laideur même, votre sort serait toujours préférable à celui de la plupart des femmes. Elles sont, en général, infiniment à plaindre; et, quoique je ne sois pas facile à m'apitoyer sur les peines des autres, je compatis sincèrement à leur triste sort.

Distraction faite de cette condition, je ne vois dans la nôtre presque rien qui doive si fort irriter la sensibilité et se faire un monstre de l'existence. L'homme perclus de tous ses membres a droit à notre commisération, parce que c'est le pire de tous les maux de la vie; mais heureusement ces exemples sont rares, et l'humanité doit s'en réjouir. Je conclus de tout ceci que vos plaintes sont injustes et outrées, et que c'est avec déraison que vous blâmez le sort qui vous a fait naître contrefait.

PHÉLIS. Je reconnais et commence à sentir la justesse de vos raisonnemens, mon cher

Halmar. Ma sensibilité cherche à prendre un nouvel essor plus digne de mon être et de vos conseils. Continuez-les moi de grace ; ne laissez pas votre ouvrage imparfait. Achevez de porter le dernier coup à mon indécision, pour l'affranchir entièrement ; car je ne vous cache pas que quelquefois je sens renaître ces idées sombres qui m'ont déjà fait tant de mal ; surtout quand je songe qu'on cherche à me priver de tous les avantages qu'un beau physique rencontre si facilement dans le commerce de la société.

HALMAR. Qu'entendez-vous par ces avantages ?

PHÉLIS. Le hasard m'avait procuré la connaissance d'une jeune personne qui se déclarait ma protectrice ; je dirai même qu'elle me vouait un sentiment plus tendre : certaines gens, ennemies de mon bonheur, l'ont renversé. Ils ont détruit ce que la nature et l'amour avaient fait en ma faveur.

HALMAR. Le sexe, vous deviez le savoir, est naturellement disposé à la coquetterie et à tout ce qui peut flatter son amour-propre. Partant, je ne vois rien d'étrange dans la facilité qu'ont eu vos envieux à changer les sentimens de cette personne. Il est possible que, vous abusant vous-même, vous ayez pris quelques honnêtetés pour des marques d'un penchant qui vous était favorable, ou que désirait votre orgueil ou votre amour-propre, et que, nouveau Dom-Quichotte, vous croyez posséder le cœur de votre dulcinée; c'est mon avis. L'expérience devait vous garantir de cette prévention, et vous apprendre que l'homme marqué au B est en quelque sorte sujet, plus qu'un autre, aux caprices de la fortune amoureuse, et il doit être assez sage, pour ne pas s'en plaindre ouvertement, s'il ne veut pas exciter la risée publique. Je ne vois donc dans cet événement qu'un résultat assez général et assez naturel.

PHÉLIS. Je ne vous comprends pas; car je pourrais tirer de votre raisonnement la conséquence qu'il n'y a que les beaux hommes capables de rendre les femmes parfaitement heureuses, et qui puissent se soustraire aux inconvéniens si communs en ménage. Vous m'entendez : cette opinion me paraît injuste, et même offensante.

HALMAR. Que vous importe Songez à vous, et pénétrez-vous bien qu'il est presqu'impossible qu'une jolie femme se prenne sérieusement d'une belle passion pour vous et pour ceux qui vous ressemblent, et que ce cas arrivant, vous devez prévoir les suites qu'il en peut arriver pour votre tranquillité. Presque toutes se laissent séduire par le brillant de l'écorce, et peu, mais très-peu prennent la peine de reconnaître les qualités du cœur, et c'est ce qui fait qu'on voit tant de ménages si peu d'accord. Cet aveuglement ou cette présomption du sexe est ce qui nous venge presque toujours de leur prévention et de leur injustice à notre égard ; car il est absurde de croire que parce qu'un homme est bossu, il doit avoir aussi un cœur et des qualités aussi difformes que sa construction, et faire de cette conséquence insensée un principe général.

PHÉLIS. Plus réfléchies, plus sages, elles ne sacrifieraient pas ainsi le vrai bonheur à une fausse gloire et à une satisfaction d'un quart-d'heure.

HALMAR. C'est bien dit ; mais quand vous vous frapperiez la tête contre le mur, que vous vous poignarderiez aux pieds d'une jolie femme pour la convaincre de son erreur, vos confrères verraient toujours les choses aller le même train. C'est la marche du siècle ; et prétendre, sur ce point, ramener l'esprit des femmes à la raison, ce serait vouloir prendre la lune avec les dents, ou arrêter le soleil dans sa course.

PHÉLIS. Tout cela, mon cher Halmar, porte

la terreur dans mon ame, et me fait craindre un avenir plus insupportable encore que tout ce que j'ai éprouvé jusqu'ici.

HALMAR. C'est folie que de s'alarmer sur l'avenir. Sachez profiter du présent, et ne vous rappelez du passé que pour éviter de retomber dans les mêmes fautes.

PHÉLIS. Hélas! je n'avais pas encore 22 ans que je connaissais déjà tout l'excès du malheur, parce que je fus assez faible pour en commettre une involontairement.

HALMAR. C'est bien l'âge de faire des sottises; mais celle dont vous vous accusez est-elle si grande que vous ne puissiez encore la réparer ?

PHÉLIS. Je ne sais; mais elle est excessive, et je ne l'aurais jamais commise sans des conseils perfides qui. . . .

HALMAR. Je crains bien que vous ne les ayez mal inteprêtés; ils étaient peut-être plus salutaires que vous ne pensez. D'ailleurs, à l'âge dont vous me parlez, on a peu d'expérience, on s'instruit par l'exemple. Quoi qu'il en soit, rassurez-vous, et faites-moi le récit de cette aventure : si votre faute est irréparable, vous vous en consolerez par le désir et la volonté de ne plus y retomber.

PHÉLIS. Ce serait mal reconnaître l'affection, le zèle et l'intérêt que vous me témoignez, que de garder un plus long silence. Voici le récit court et précis de cette aventure, dont le souvenir ne s'effacera jamais de ma mémoire :

Je logeais, il y a cinq ans, dans la maison qui fait le coin de la rue où nous demeurons. Ma chambre était au second sur le derrière. Je n'avais pour point de vue qu'un beau et vaste jardin. Ce coup-d'œil m'était agréable; et tous les jours destinés au repos, je les passais dans ma chambre, où la lecture et le violon occupaient tour-à-tour mes loisirs. J'ai remarqué que chaque fois que je me livrais à ce délicieux délassement, les oiseaux qui habitaient cet agréable séjour venaient mêler leur doux ramage au son de mon instrument, et mon cœur nageait dans le plaisir. Un jour que, comme à mon ordinaire, je jouais du violon, j'aperçus le maître du jardin qui s'y promenait avec sa femme et sa fille. Ils voulurent bien me dire qu'ils aimaient à m'entendre jouer, et m'offrirent l'entrée de leur jardin. Je profitai avec reconnaissance de cette permission, et tous les jours je me rendais dans cet endroit enchanteur pour y faire de la musique. Je jouais avec plus de goût que de connaissance.

Il arriva bientôt que mademoiselle Julie maria sa voix au son de mon violon ; elle chantait quelques morceaux tendres, que j'accompagnais de mon mieux. Elle avait un goût exquis pour la musique, et les heures passaient rapidement auprès d'elle. Cependant, l'habitude de la voir dissipa peu à peu la timidité que j'avais d'abord éprouvée ; un charme secret m'enchaînait à elle, et la société de cette charmante personne était pour moi le bonheur suprême. Pourquoi me rappeler son souvenir ? il renouvelle tous mes chagrins et toutes mes peines. Trois mois se passèrent dans ce commerce divin, sans la plus légère interruption. Cependant, l'amour que je ne connaissais que de nom, couvait dans mon cœur, et l'explosion devait, en m'embrâsant, me réduire au plus affreux désespoir. Il n'était guère probable que mademoiselle Julie, belle, riche et bien née, voulût écouter un personnage aussi chétif que moi, maltraité de la nature, sans biens et d'une naissance commune. Dès-lors plus de repos, plus de tranquillité pour moi. J'étais entièrement soumis à l'empire de ses charmes et de sa bonté.

Un jour, où j'étais subjugué par ma passion, je descendis dans le jardin pour tâcher de me distraire. Je me plaçai derrière un cahinet de verdure, afin de ne point être aperçu; je m'assis sur le gazon. J'avais, par hasard, dans ma poche un roman nouveau qu'un de mes amis m'avait prêté. (C'était *Laurence de Sainte-Reuve*). Je l'ouvre et me détermine à lire : soit distraction, soit toute autre chose, je lisais tout haut, sans le savoir, lorsqu'un gémissement profond vint me tirer de cet état de nullité. Je cache mon livre, et cours promptement vers l'endroit d'où était parti le cri qui m'avait rappelé à moi-même, et qui annonçait un être souffrant. Peignez-vous ma surprise, si vous pouvez, lorsque je vis Julie, l'aimable Julie, versant un torrent de larmes et déplorant contre le sort. « Qu'avez-vous, mademoiselle, que vous est-il arrivé ? ah ! parlez, parlèz, je vous en prie ». Mon embarras surpassait encore sa confusion. Enfin, elle me dit : « Je vous remercie, monsieur, ce n'est rien. — Mais que signifie la douleur dont vous êtes affectée ? Si je puis vous être utile, ah ! disposez de moi sans réserve ». Elle pousse de nouveau un long soupir, et m'apprend qu'elle n'avait pas pu entendre la lecture du roman que je lisais, sans éprouver une vive émotion, et que le sort de Laurence l'avait touchée jusqu'aux larmes : je m'empressai de lui demander excuse de mon imprudence;

et m'accusai d'être innocemment cause de ce qu'elle souffrait en ce moment. Je l'aidai à se relever, et au moment de s'en aller, elle tourna sur moi ses yeux languissans, en disant : «O ! Phélis, si vous saviez» ! Elle n'en put dire davantage et disparut.

A l'expression de la douleur qui accompagnait ces paroles, il me fut aisé de concevoir qu'elle était affectée de quelque peine secrette que la lecture du roman avait renouvelée. L'état d'affliction de l'infortunée Julie me toucha vivement, et mon amonr subjugua entièrement ma raison. En vain je mesurai la distance qui me séparait d'elle ; envain j'interrogeai ma difformité, tout s'évanouit devant l'image de Julie. J'étais incapable de prendre aucune résolution, et mon état était digne de pitié. Mille pensées m'occupèrent et je ne m'arrêtai à aucune.

Cependant j'osai prendre un parti ; je me déterminai à écrire à Julie, pour lui apprendre l'état de mon cœur. La témérité et l'imprudence de cet aveu se présentèrent bien à ma trop faible raison ; mais le sort en était jeté, rien ne pouvait m'arrêter.

Je fis ma lettre, et bien résolu à la faire parvenir, je descendis au jardin, et allai la poser sur le banc qui était dans le cabinet de verdure, lieu où j'étais bien certain que Julie serait la première à venir. Ayant exécuté mon projet, je me retirai à quelque distance, et de manière à ne pouvoir pas être apperçu, et j'attendis avec un battement de cœur continuel, le sort qu'aurait ma lettre. Je ne m'étais pas trompé dans mes conjectures, Julie vint la première et alla droit au cabinet. Ici, il est plus facile de se faire une idée de l'embarras que j'éprouvais, des craintes qui grossissaient mon cœur et l'étouffaient lentement, que d'en faire la description; aussi, mon cher, ne l'entreprendrai-je pas, je vous laisse le soin de les imaginer. Je reviens à Julie.

En entrant donc dans le cabinet, ses regards apperçurent subitement mon billet. Elle poussa un léger cri de surprise, en disant : « Quoi! serait-ce une lettre? Oui, je ne me trompe pas. Voyons l'adresse : A mademoiselle Julie. Dieux! quel est celui qui peut m'écrire »? Le cachet est rompu, la lettre ouverte avec la précipitation de la curiosité, elle regarde la signature : « C'est Phélis, dit-elle ». La lettre est bientôt lue, mais non sans qu'elle ne l'ait arrosée de ses larmes : elle réfléchit et prononça ensuite ces mots : « Dois-je lui répondre »? Elle relut la lettre... « Non, je ne puis, je ne saurais douter que je suis aimée; mais si c'était une nouvelle erreur....., si je venais à me repentir.... Oh ! non, non, je ne le crois pas». Elle ajouta : « Oui, mon bon Philippe, tu seras mon confident, et il ne la recevra que de ta main. Tu es mon ami, tu seras mon consolateur ; tu ne trahiras pas l'infortunée Julie, qui a toujours en toi la plus intime confiance. Prenons un instant de repos, et à mon réveil j'irai à ma chambre, pour écrire à l'aimable Phélis ».

Ce mot d'aimable completta l'ivresse de l'amour, et me releva de toutes les craintes qui m'avaient tellement subjugué, que j'étais en quelque sorte dans une nullité de sentiment et de raison. Je me crus aimé ; mais peu à peu, c'est-à-dire, à fur et à mesure que je reprenais mes sens, je me sentis agité d'un trouble qui m'affaissait de nouveau. Les larmes qu'avait répandu Julie en lisant ma lettre, les mots qu'elle prononça quand elle était indécise pour me répondre (serait-ce encore une faiblesse de ma part !), ceux qu'elle avait prononcés la veille, dans l'expression de sa douleur, *Oh ! Phélis., si vous saviez !* tout cela était pour moi une énigme qui me déchirait le cœur, et qui me faisait plus vivement encore désirer sa réponse.

Le lendemain, à la pointe du jour, je

descendis dans le jardin, pour me livrer plus à mon aise à toutes mes réflexions. En entrant j'aperçus le bon Philippe qui cueillait des fleurs pour un bouquet. Je m'en approchai et lui souhaitai le bonjour. Après ce court entretien, « Pourrais-je vous demander, lui dis-je, à qui vous destinez ce beau bouquet ? — Cette lettre, qu'on m'a chargé de vous remettre, vous apprendra le nom de celle à qui je le destine ». La joie que j'éprouvai fut si vive, que je tenais la lettre dans ma main sans pouvoir l'ouvrir, et que j'oubliai de remercier le bon jardinier. « Cessez de feindre, me dit celui-ci, je sais tout, et la personne à qui vous avez écrit, est trop honnête pour ne pas vous répondre. Rassurez-vous et croyez-moi digne de votre confiance. Après lui avoir serré tendrement la main, je me retirai à l'écart, pour faire lecture de la lettre de Julie. Je l'ai conservée précieusement ; la voici :

Lettre de Julie à Phélis.

« Pourquoi, monsieur, vous intéresser au » sort d'une femme qui ne peut trouver au- » cune consolation à ses maux ? Dois-je vous » dire qu'une seule faute cause tout mon » malheur, qu'elle m'accuse et me condamne !

» Ne dois-je pas être humiliée, lorsque tout » dépose contre moi, et puis-je espérer d'être » heureuse, lorsque je me crois avilie ? La » mort que je regarderais comme un bienfait, » ose encore me respecter, tandis qu'elle mois- » sonne des personnes qui ont des motifs de » regretter la vie. Quels sacrifices ne ferais-je » point, monsieur, pour pouvoir correspondre » à votre amour, et le payer d'un juste re- » tour ? Mais ma faiblesse, la faute qui en a été » la suite, ne me permet plus d'aspirer à » cet heureux événement, qui me procure- » rait une nouvelle existence. Ah ! pardon, si » je m'égare : n'ayant plus le trésor qui me » rendait respectable dans la société, je ne » dois point occuper la place de celle qui a » su le conserver. Le public qui m'a calom- » niée quand je me croyais à l'abri de la cri- » tique, aurait-il maintenant plus de ména- » gement pour moi, quand j'ai donné prise » à sa malignité : quelque soit votre délica- » tesse et vos sentimens, ce serait vous of- » fenser d'espérer qu'un repentir sincère pût » effacer ma faute, et me mériter la conti- » nuation de votre estime et de votre amour. » Ayant perdu *l'honneur*, tout ce que les » femmes ont de plus cher sur la terre, je ne » dois plus paraître dans la société et garder

» soigneusement la maison, comme un lieu » destiné à pleurer ma faute, et dans laquelle » je dois vivre dans un éternel oubli du monde » et de moi-même. Oui, Phélis, je sens » que votre délicatesse doit mettre un obs- » tacle à mon bonheur. »

Imaginez si vous pouvez quelle dût être ma situation après la lecture de cette lettre. Je restai long-temps absorbé, et sans pouvoir débrouiller mes idées. Je pleurai amèrement sur le sort de la trop faible Julie ; mais je pris sur-le-champ la résolution de lui écrire, pour l'assurer que l'aveu qu'elle me faisait de sa faute, bien loin de refroidir les tendres sentimens qu'elle m'avait inspirés, y ajouterait encore, s'il était possible : plût au ciel que j'eusse exécuté de suite cette noble résolution ; mais un invisible ennemi de mon bonheur me la fit ajourner. Fatal retard !

Ayant eu occasion d'aller voir une de mes tantes, j'eus l'imprudence de lui faire part de mon amour, de l'aveu que j'en avais fait par écrit, et je lui montrai la réponse qui m'avait été faite. Ma tante était dévote, mais jusqu'au fanatisme. Elle n'eut pas plutôt lu la lettre de Julie, qu'elle approuva et loua ce qu'elle appela sa circonspection et le respect d'elle-même ; et revenant à moi, elle m'accabla des plus outrageans reproches, en m'accusant de vouloir ravir à Dieu une femme qui voulait se consacrer à son culte, en réparation de sa faute, pour regagner l'honneur qu'elle avait perdu ; elle me menaça des châtimens divins si je persistais dans mon extravagant projet. Mais voyant que toutes ses menaces étaient vaines, elle m'attaqua, comme l'on dit, du côté de la partie faible, par mon amour-propre. « Le public, me dit-elle, juge de nos actions, vous reprochera sans cesse cet aveuglement, cet oubli de vous-même, et vous traitera d'homme sans délicatesse et sans honneur. Par-tout vous serez montré au doigt, comme un exemple d'immoralité et d'opprobre, et vous devrez vous estimer heureux, si on ne se porte pas à de plus violens excès. Renoncez à votre coupable amour, ou redoutez mon courroux ». Elle prononça ces derniers mots d'un ton qui ne laissait pas douter qu'elle ferait tout au monde pour empêcher la conclusion de mon union avec la trop malheureuse Julie.

Oserais-je en faire l'aveu ? la crainte que cette femme m'inspira fut telle, que je lui promis d'observer religieusement tout ce qu'elle me prescrirait. Contente, disait-elle, d'avoir obtenu plutôt du ciel que de moi ce qu'elle me demandait, il fut résolu que je ne retournerais plus à mon logement. Elle envoya de suite retirer tous mes effets, sous prétexte que des affaires pressantes nécessitaient ma présence dans la capitale. Ainsi finirent mes amours ; je ne revis plus Julie. Elle est morte, hélas ! et c'est moi qui lui ai causé le trépas ! Concevez-vous mes regrets et mon immortelle douleur.... ? A ce souvenir mes cheveux se hérissent et un froid mortel coule dans mes veines. Que ne puis-je terminer promptement ma pénible vie ! O ma tante !

HALMAR. C'est à juste titre que vous vous accusez de sa mort : vous avez manqué aux plus tendres sentimens, et vous avez dégradé le caractère d'homme dont vous êtes revêtu. Pleurez sa perte, pleurez-la toujours, et que toujours elle vous rappelle l'indignité de votre conduite. L'infortunée ! Votre silence coupable, en brisant dans son cœur le frêle lien de l'espérance qui la soutenait encore, l'a livrée entièrement à la merci de réflexions amères, qu'elle devait cacher à ses parens. Elles étaient d'autant plus funestes, qu'elle était obligée de les concentrer. Elle était trop faible pour supporter des maux aussi déchirans : elle devait y succomber : elle n'est plus. Que le ciel prenne son sort en pitié.

Si je vous accuse de cette catastrophe, j'en

taxe bien plus justement votre tante, qui, s'emparant de votre faiblesse et de votre caractère timide, vous a forcé à une conduite si contraire à la délicatesse et à l'honneur. Dieu me préserve d'avoir jamais affaire aux dévots intolérans, qui, sous le prétexte des mœurs et au nom de la religion, insultent aux unes et dégradent l'autre. Ces êtres sont d'autant plus dangereux qu'un zèle outré les anime : ils marchent hardiment dans le chemin de l'erreur, et rien n'est si commun que de les voir outrager le créateur en croyant le servir. Que vous dirais-je ? vous avez cédé aux conseils d'une béguine, plutôt que de suivre les avertissemens de votre cœur; et cette condescendance servile, en accélérant la perte de votre Julie, a ouvert votre ame à un long repentir; tandis que, par une démarche contraire, vous auriez assuré votre commun bonheur.

PHÉLIS. Ne me trompez-vous pas, Halmar, serait-il bien possible que mon honneur n'eût point été compromis en épousant Julie, malgré l'aveu qu'elle m'avait fait ?

HALMAR. Non, mon cher Phélis, et je ne vois pas sans une juste indignation, qu'on méprise une fille qu'on aura trompée, sur la foi du mariage. Ne lui reste-t-il pas encore assez de vertus pour la faire respecter de tout ce qui porte un cœur vraiment honnête? Sa profonde humilité, ses larmes et l'observance d'une conduite exemplaire dans sa vie privée, sont autant de preuves de son repentir, qui doivent attirer sur elle la pitié et la commisération. Pourquoi la dévouer à une douleur irrémissible? Elle a manqué grièvement, dira-t-on; mais est-ce donc parce qu'elle a été séduite, qu'il faut agraver ses peines, et l'obliger, en quelque sorte, à renoncer à la société, pour se détruire, ou pour se livrer à une prostitution vile et basse, dont son cœur est incapable, malgré sa faute? Ce calcul est monstrueux, et quiconque le fait n'est pas assurément un honnête homme.

PHÉLIS. Mais les lois du préjugé sont si exigeantes!

HALMAR. Seraient-elles approuvées par la religion, je ne les suivrais pas, et loin de les respecter, je les mépriserais toutes. Ce langage vous étonne, tels sont cependant mes sentimens, dans lesquels je suis inébranlable.

Lorsqu'un homme est à la veille de se marier, prend-il sa future pour un confesseur, en lui accusant tous les écarts auxquels il s'est livré dans sa jeunesse? Si cela est, il faut convenir au moins que c'est une chose extrêmement rare; et par conséquent, on peut répondre hardiment que non. Exiger de la femme ce qu'elle ne demande pas à l'homme, c'est tout au moins une inconséquence, si cette indiscrétion ne produit pas de plus graves inconvéniens : mais en supposant que l'homme par soupçon, ou par quelques paroles indiscrètes qu'il aura recueillies en l'air, use de cette précaution envers sa future, quel sera le résultat de cette curiosité déplacée ?

Si la future a quelques reproches à se faire, elle s'accusera où elle se taira dans le premier cas, si elle confie sa faiblesse à un imbécille, il l'abandonnera par superstition, et le mariage demeurera rompu; si, au contraire, son futur est seulement à demi-raisonnable, il lui pardonnera en faveur de sa sincérité, et déclarera que cela ne change rien à son projet d'union.

En second lieu, si la future craint d'avouer le moment d'erreur où elle s'est abandonnée, dans celle de manquer un établissement sortable, qu'elle ne rencontrerait peut-être plus, alors elle s'exposera aux reproches de sa conscience, qui lui rappellera sans cesse ce qu'elle appelle sa faute, et sa vie sera toujours troublée au milieu même de la prospérité, et surtout quand son mari, par ses attentions et par des soins assidus, cherchera et s'étudiera à la

lui

lui rendre agréable; alors elle sera malheureuse, et finira par faire le malheur de son mari.

Ainsi donc, ces deux suppositions sont également chanceuses; elles ont l'une et l'autre leur bon et mauvais côté. Qu'en conclure ? que dans une démarche aussi sérieuse, il faut se laisser conduire par une confiance pleine et entière, ne s'arrêter à aucun des quolibets que sème toujours ou la méchanceté ou la jalousie en pareil cas, comme le seul moyen qui puisse conduire à un heureux résultat.

Il faut s'attacher à la probité, voilà l'essentiel; la femme bien née, et dont la famille jouit d'une bonne réputation, sera douce, prévenante dans son ménage : que peut désirer de plus un homme ?

Mes idées ne sont pas bien claires; mais le principe en est bon et incontestable. Tâchez d'en faire votre profit en les débrouillant, et n'oubliez pas surtout que l'homme est l'artisan de son bonheur ou de son malheur, et que toutes les fois qu'il voudra réfléchir, il éclairera sa marche, et préviendra tous les obstacles qu'on peut rencontrer sur le chemin de la vie.

En voilà suffisamment pour aujourd'hui; j'ai d'ailleurs quelques affaires auxquelles je vais vaquer. Demain, si vous y consentez, nous irons dans un bosquet où je suis déjà allé plusieurs fois, et là, éloignés du chaos et du trouble, nous renouerons notre entretien.

PHÉLIS. Je vous rends graces, mon cher ami, des soins obligeans que vous me témoignez. Je me trouve trop bien de vos réflexions pour ne pas en désirer la continuation. Je me rendrai demain avec plaisir et reconnaissance à l'endroit que vous m'indiquez. En attendant, je vais m'étudier à profiter de vos sages conseils.

SECOND ENTRETIEN.

PHÉLIS. Bonjour, mon cher Halmar, que je suis ravi de vous voir. Quelle est belle, quelle est majestueuse, cette perspective charmante qui s'offre à notre vue, et combien est consolant le repos que j'y goûte. L'esprit, le cœur et le corps s'y complaisent également, et y trouvent un délassement particulier. L'ame s'élève par les sentimens nobles qu'inspire cette agréable solitude ; le cœur s'ouvre et se dilate aux beautés qu'offre de toute part la nature, et le corps, dans cette agréable oisiveté, jouit par la contemplation.

HALMAR. Je crois que vous avez envie de

pleurer. Hier, en vous quittant, je crus avoir ébranlé votre caractère, et l'avoir disposé à plus de liaison avec les événemens. Aujourd'hui vous détrompez ma crédulité. Pleurez, mon cher, si c'est votre plaisir ; mais je vous proteste que je ne vous tiendrai pas fidèle compagnie.

PHÉLIS. Cet endroit enchanteur me rappelle le jardin délicieux où je fis connaissance de Julie, et ce souvenir réveille toute ma sensibilité.

HALMAR. Mais vous perdez la tête, de comparer un jardin à une campagne qui a pour le moins six lieues de tour ! N'est-ce pas être fou que de regretter aussi vivement une femme qui, depuis cinq ans, est devenue la pâture des vers ! Vous la pleurez encore ; mais que serait-ce donc si vous n'aviez fait avec elle qu'un même lit ? Ma foi, si tous les hommes étaient de votre trempe, les fabriques de Béarn, de Cholet et de Madras auraient peine à fournir de quoi essuyer leurs larmes. Julie n'est plus; vos regrets sont inutiles et superflus. Désirez, croyez-moi, désirez plutôt, pour votre repos et votre tranquillité, à en chercher une semblable. Vivez, nourrissez-vous dans cet espoir. Vous savez que j'ai choisi ce lieu pour faire comme les femmes, c'est-à-dire, pour bavarder tout à mon aise, et non pour y pleurer.

PHÉLIS. Cela vous est bien facile à dire; mais si vous connaissiez toutes mes aventures, peut-être seriez-vous plus indulgent.

HALMAR. Si vous me parlez encore de vos malheurs je vous coupe la parole. Je suppose que je sois tout à la fois un brigand, un scélérat, un malfaiteur, et que dans ce moment j'aie le courage de vous crever les yeux, que diriez-vous d'une semblable aventure?

PHÉLIS. Que répondre à une supposition.

HALMAR. Qui vous a dit que nous ne serons pas un jour les victimes d'une pareille cruauté? Qui nous garantit qu'en sortant de ce lieu nous ne rencontrerons pas, chemin faisant, quelques scélérats disposés et déterminés à la tenter et à l'entreprendre?

PHÉLIS. Eloignez, je vous prie, des idées qui m'inspirent une terreur mortelle.

HALMAR. Je cherche moins à vous effrayer qu'à vous instruire, et je continue mon raisonnement toujours par supposition.

Nous faisons le trajet d'ici chez nous sans avoir éprouvé le moindre accident. L'heure du coucher arrive, nous nous couchons, et bientôt le sommeil vient fermer nos paupières. Le lendemain, l'aube précède le jour, et l'aurore, par son aspect brillant, achève de dissiper les ténèbres qui avaient couvert la surface de la terre; hommes, femmes, filles et garçons, bêtes en tout genre, tout est en mouvement : le bruit des uns et des autres se fait entendre; et tout ce tintamarre diabolique, en annonçant le grand jour, nous oblige à sauter du lit. Mais quelle est notre surprise, d'entendre et de ne rien voir : nous élevons nos regards vers le ciel, mais inutilement. Frappés d'un coup si inattendu, nous éprouvons les premiers sentimens de la douleur. Dans ce moment critique, on crie, on se déchire, on pleure, on se lamente; les voisins accourent, et pour nous consoler, ils achèvent de nous confirmer notre malheur complet. Être bossu, c'est peu de chose; mais être aveugle, Bossu et misérable au milieu de sa carrière, c'est un sort bien triste et bien à plaindre. Néanmoins on parvient à se consoler de cette cruelle affliction, et on se résigne à souffrir tout ce qu'une condition aussi affreuse traîne après elle de misère.

Dites-moi, mon cher, votre sensibilité ne vous fait-elle pas compatir aux maux que doit souffrir dans ce piteux état un malheureux qui va de porte en porte mendier le pain de la charité, appuyé sur l'épaule d'un enfant qui le conduit, ou par un chien qui lui sert de guide.

PHÉLIS. Il est impossible de ne pas reconnaître la justesse de votre raisonnement. Oui, Halmar, je sens que ma situation, quoique peu envieuse, ne peut pas se comparer à celle d'un homme affligé de la perte de la vue, et j'avoue qu'un sort aussi rigoureux a bien droit d'inspirer de la pitié à l'être le plus insensible.

HALMAR. Bravo! Phélis, bravo! je m'aperçois avec plaisir que votre tête se débarrasse, et que votre esprit s'éclaire et marche à la véritable raison. Continuez, et dans peu votre guérison sera complète. Je ne veux laisser dans votre ame de la sensibilité qu'autant qu'il en faut pour ne pas laisser mourir de faim celui qui viendrait avec justice réclamer de vous quelques secours nécessaires à son existence.

PHÉLIS. Pauvre comme je suis, il me serait impossible. . . .

HALMAR. Vous ne devez rien aux malheureux, puisque vous n'avez pas pour vous-même ce qui vous est nécessaire; mais je tire de votre position même l'exhortation que je vous fais d'être moins sensible, surtout en ce qui vous concerne. Enfin, imitez-moi, et vous aurez lieu de vous estimer heureux. Je suis loin de me donner et de me croire parfait, j'ai de moi une opinion bien contraire; mais tel que je suis, je me crois autant qu'un autre, et je vais toujours mon petit bonhomme de chemin. Je vais vous dire, avec cette franchise que vous me connaissez, et avec mon mauvais jargon, ce qu'il faut être, croire et faire pour être un second Halmar :

1°. Pour être heureux, il faut, comme je vous l'ai dit, être presqu'insensible surtout ce qui vous regarde. Soyez honnête, délicat, et montrez-vous reconnaissant au service qu'on vous a rendu ou qu'on a voulu vous rendre.

2°. Ne croyez que ce que justifie la saine raison, et rejetez tout ce qui ne porte pas l'empreinte du bon sens et de la droiture. Mais le mensonge est si voisin de la vérité, qu'il faut un grand jugement pour distinguer l'un d'avec l'autre. . . . Si on ne pouvait arriver à la connaissance d'un point que par un chemin, ou bien, si la raison n'avait pas différens caractères, et qu'il n'y ait qu'une manière de voir les choses, je vous dirais, consultez votre voisin, appelez ses lumières à votre secours pour vous assurer de n'être point aveugle en plein midi; mais c'est tout le contraire, car entre deux hommes d'une opinion contraire, ce que l'un croit avoir démontré aussi clair que le jour, n'est souvent pour l'autre qu'un argument captieux.

Faites le bien toutes les fois que vous en rencontrerez l'occasion et que vous le pourrez; mais évitez de vous livrer au moindre mouvement dans l'intention de vous venger et de rendre le mal pour le mal qu'on vous a fait ou qu'on a voulu vous faire; jouez le rôle de muet, si l'on vous provoque, fuyez les esprits turbulens, et quand vous vous trouverez en société, montez votre ton, vos manières, aux manières et au ton de ceux qui la composent. Riez avec les rieurs. Silencieux envers les malheureux auxquels vous ne pourriez pas offrir de consolation, ne contrariez jamais ceux qui veulent toujours avoir raison, quoiqu'en général ils soient dans l'erreur ; répondez à celui qui vous contrariera par un je le crois, ou cela peut-être, et laissez-le contrarier en acquiesçant à tout. Ne dites jamais de mal de ceux qui ne sauraient faire le bien, et n'attendez pas que l'orage gronde ou que quelque accident vous frappe pour rendre à Dieu ce qui lui est dû.

PHÉLIS. Qui remplacera ma Julie ? quelle femme aura jamais sa beauté, sa bonté, et un cœur aussi magnanime ?

Halmar. Je me rappelle vous avoir dit au commencement de cet entretien, qu'il ne fallait pas désespérer de rencontrer une autre Julie, et vous devriez vous en souvenir. Vous faites plus que les lièvres : ils perdent la mémoire en courant, et vous, vous la perdez sans bouger de la place où vous êtes assis. Je vous le répète, vous trouverez toujours à vous marier ; mais il pourra se faire que croyant épouser une fille vous épouserez une femme. Le mal n'est pas si grand, vous la regarderez comme veuve, et malgré votre bosse vous ne serez pas trop mal partagé. Surtout ne soyez pas jaloux, c'est le pire de tous les maux. Ayez une confiance entière en votre femme, et que votre complaisance pour elle n'ait d'autres bornes que celles de l'honneur ; et regardez comme vos plus cruels ennemis ceux qui ne vous diront pas du bien de celle qui ne vous aura fait aucun mal.

N'aspirez pas à trouver dans la compagne que vous choisirez, toutes les qualités ; ce serait un miracle, que Dieu ne fera pas pour un bossu. Songez que les hommes et les femmes ne sont qu'un mêlange de bien et de mal, un peu plus et un peu moins, et que nous sommes tous imparfaits. Nous devons donc mutuellement nous pardonner et faire usage de l'indulgence dont vous-même vous aurez besoin. Par exemple, si par accident ou maladresse vous venez à renverser la bouteille qui serait sur la table, et que de son côté votre femme renverse le pot au feu, il faudra l'excuser, pour qu'elle vous excuse à son tour; car si vous lui donniez tort elle pourrait se plaindre de votre justice, et les suites pourraient devenir fatales à votre tranquillité et à votre repos.

En voilà bien assez pour que j'ose me promettre, mon cher Phélis, que dès ce moment jusqu'à la fin de votre carrière, vous serez plus raisonnable que par le passé. Votre bonheur dépend uniquement de vous; il vaut mieux une félicité imaginaire qu'un bonheur réel dont on ne sait pas jouir, ou qu'on ne sait pas apprécier. Ne perdez jamais de vue que quelque puisse être votre sort, des milliers de citoyens estimables que l'injustice et la tyrannie oppriment, sont mille fois plus à plaindre que vous.

PHÉLIS. Que ne vous dois-je pas, cher ami, pour le service que vous me rendez en ce jour? Oui, je n'oublierai jamais les conseils salutaires que vous venez de me donner, et du désir que vous formez pour mon repos. Puissiez-vous être toujours aussi content de votre sort, que vous semblez en être satisfait en ce moment. Comptez sur mon inviolable reconnaissance. Mais permettez-moi, avant que le soleil termine sa course, de vous demander un dernier conseil, qui n'est pas le moins important.

HALMAR. Je lis dans votre ame, et ce conseil important est relatif sûrement au choix de celle qui doit supporter vos humeurs, bonnes et mauvaises.

PHÉLIS. C'est cela même.

HALMAR. Avant qu'il soit question de ce point et de vous dire ce que je pense, trouvez bon que je remarque qu'au lieu de parler et de penser en homme que la raison conduit et gouverne, vous parlez, vous pensez, au contraire, comme un enfant. Si j'étais aussi fou que vous je renoncerais à un plus long entretien, et me retirerais en vous abandonnant à toute la faiblesse de votre caractère ; mais pour ma propre satisfaction, je veux bien aller jusqu'au bout, et vous en ferez après comme vous jugerez à propos. Je continue.

Quand vous serez de retour dans votre pays, vous devrez vous adonner à perfectionner vos talens, et quand votre réputation sera bien établie, il vous sera plus facile de trouver une femme telle que vous la désirez. Une conduite régulière vous en facilitera encore la recherche, et suppléera au défaut du physique qui vous manque. Ce double avantage, en vous gagnant l'estime des gens de bien, vous fera ouvrir les portes des honnêtes parens, qui se feront un vrai plaisir de vous admettre dans leur société. C'est là que vous pourrez faire un choix, et que dans le nombre de celles qui vous paraîtront également aimables, il pourra s'en trouver une qui ne prendra pas garde à votre petit défaut de nature, et qui ne répugnera pas à s'unir à vous.

Si par hasard votre choix se fixait sur une personne qui, comme Julie, eût succombé à la tentation du péché originel, que ce premier exemple vous instruise et ne vous fasse pas rejeter le don de sa main, si toutefois vous êtes bien certain qu'elle se soit repentie de sa faute.

J'ai fini, mon cher ami : si vous trouvez quelque raison dans ce dernier entretien, faites-en votre profit. Si je vous vois jamais heureux, je serai trop payé de mes soins et de mes conseils. Retournons à notre logis, et qu'un doux sommeil achève de ramener dans votre ame la paix du cœur et une parfaite tranquillité.

FIN.

www.ingramcontent.com/pod-product-compliance
Ingram Content Group UK Ltd.
Pitfield, Milton Keynes, MK11 3LW, UK
UKHW021003180726
13838UKWH00003B/1432